Livre D'or

_____
_____
_____

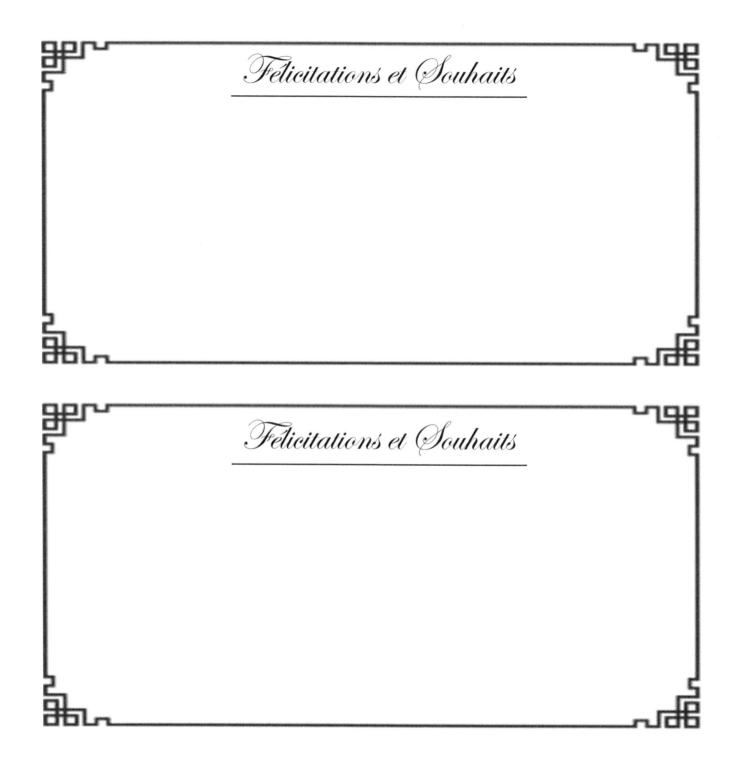

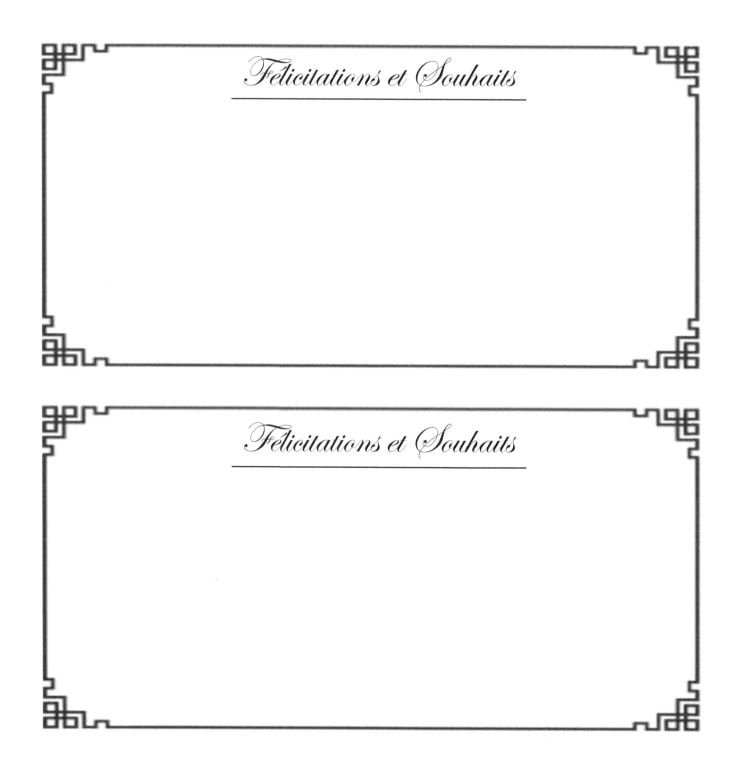

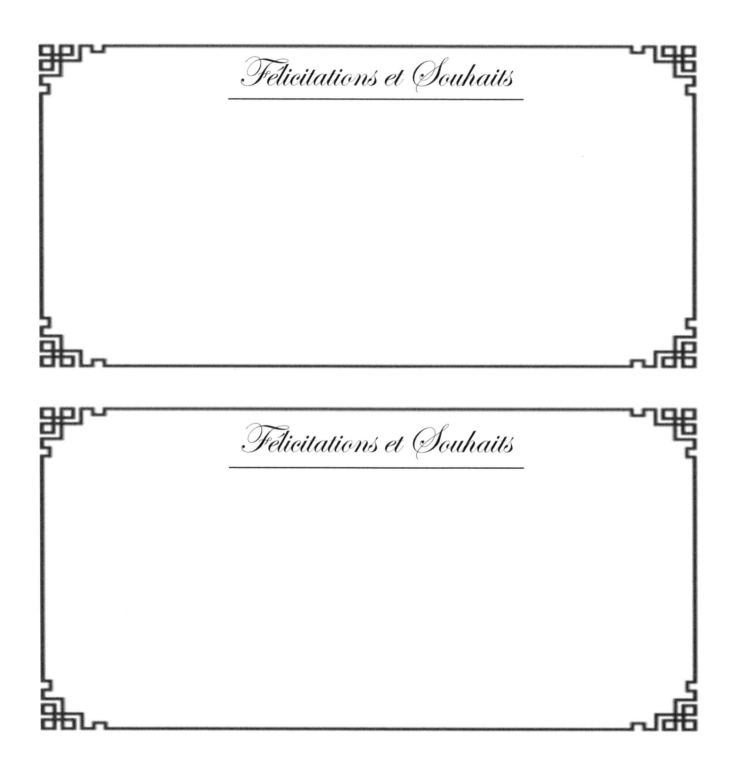

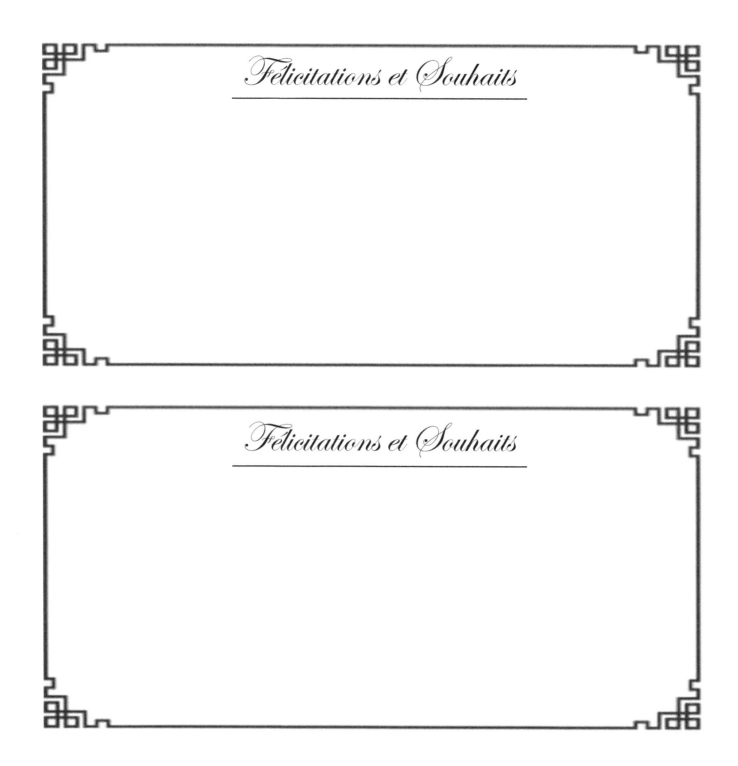

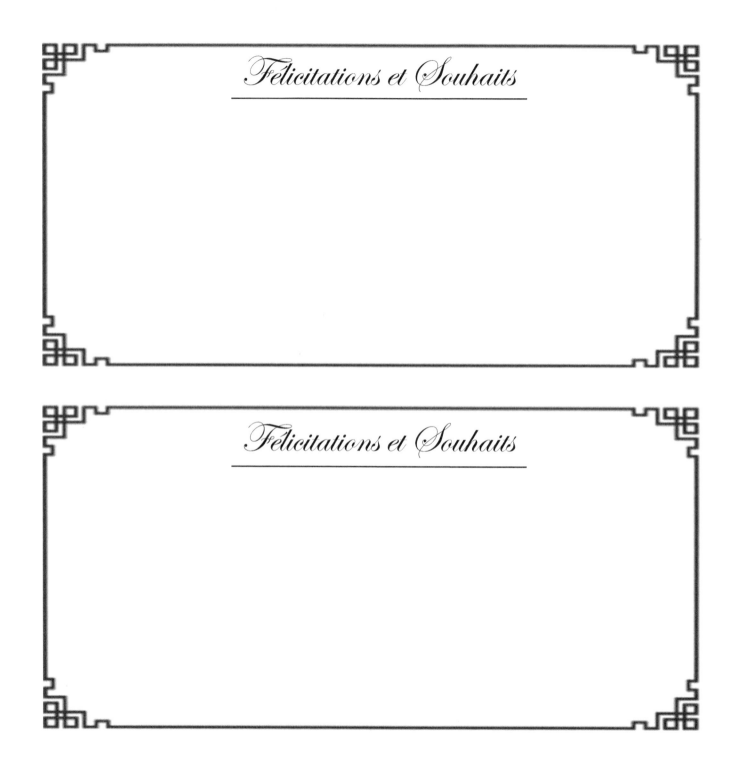

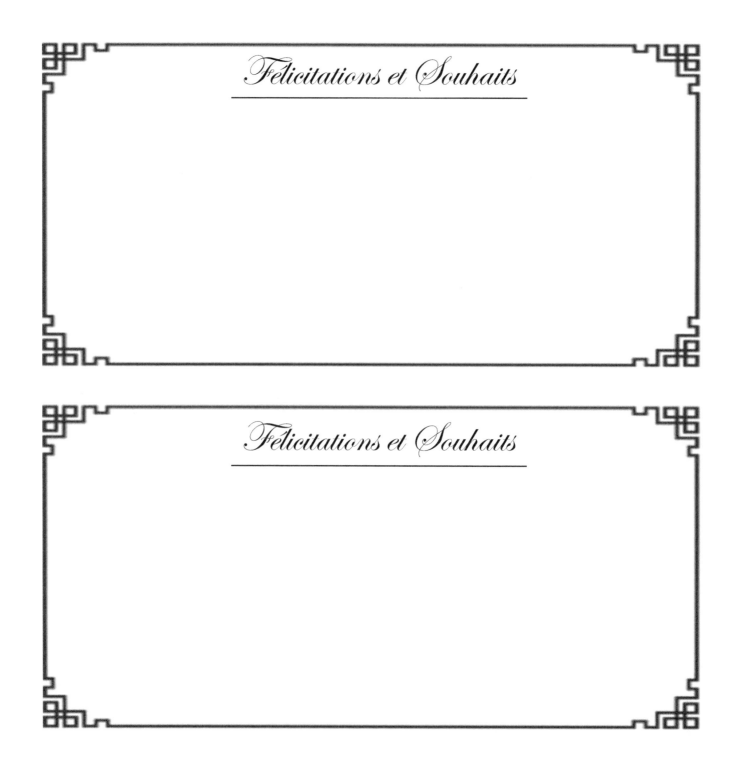

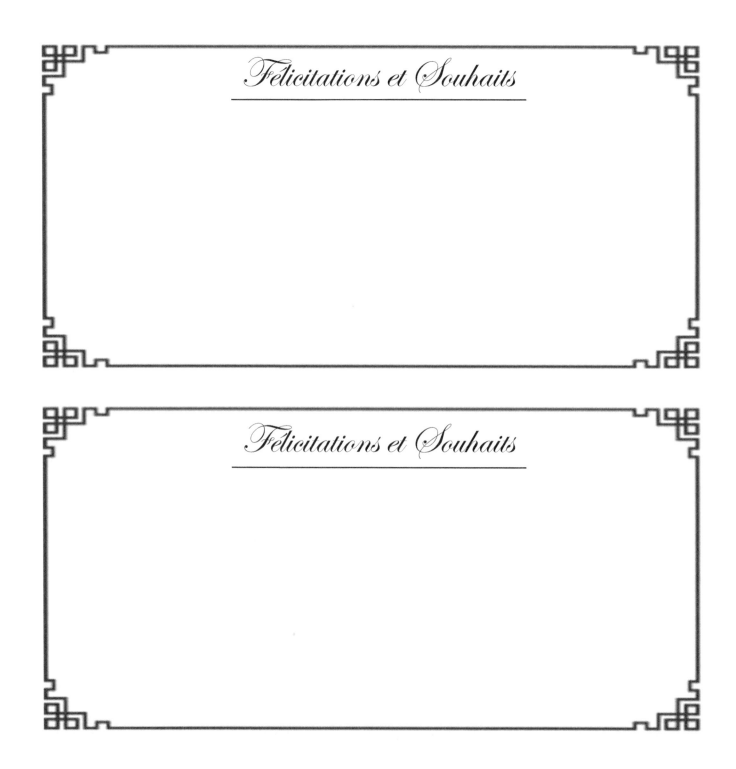

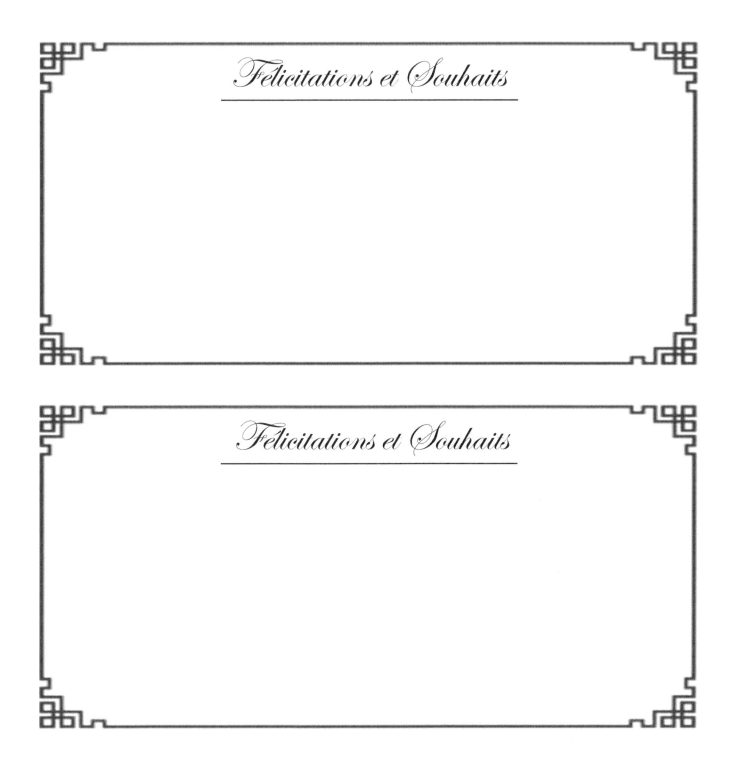

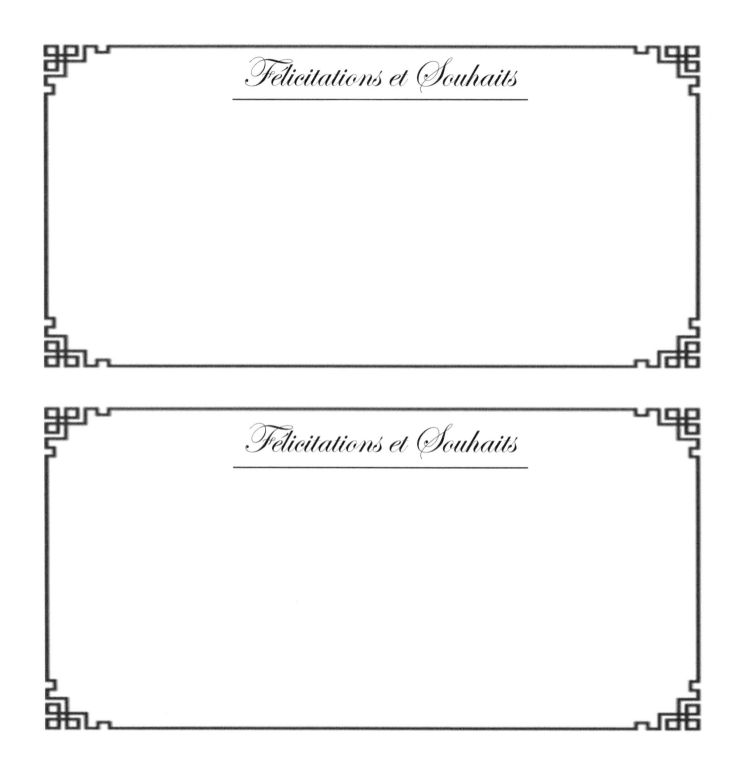

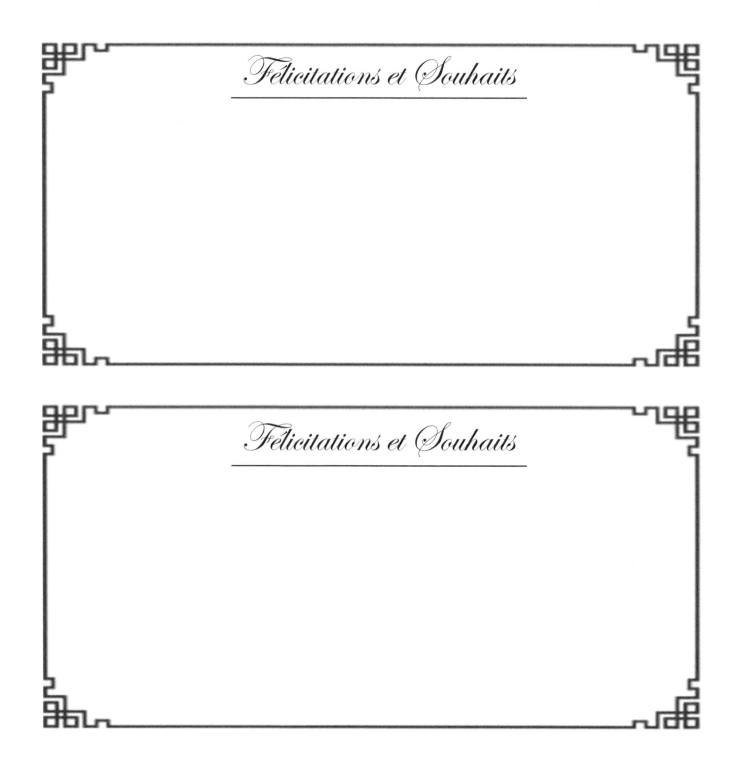

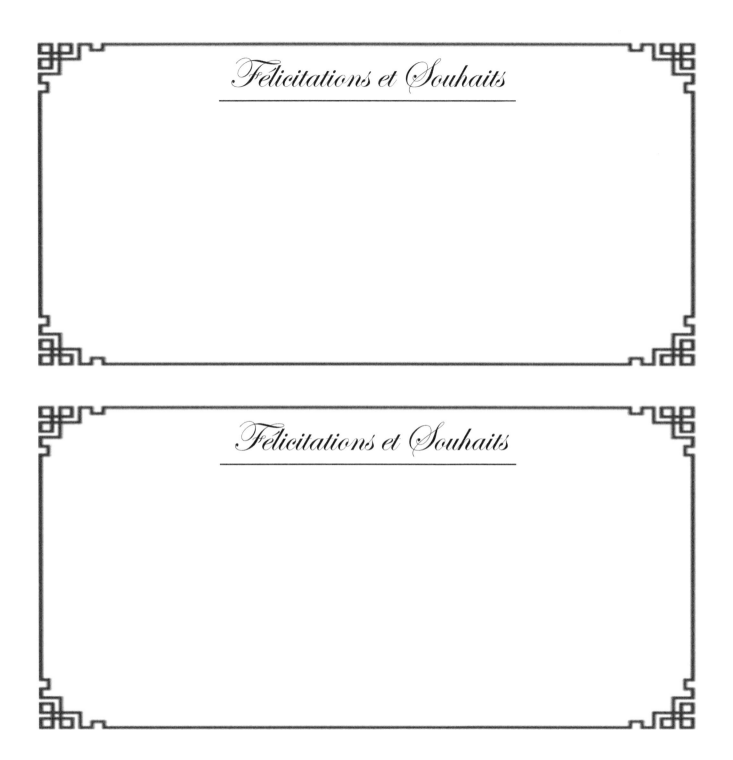

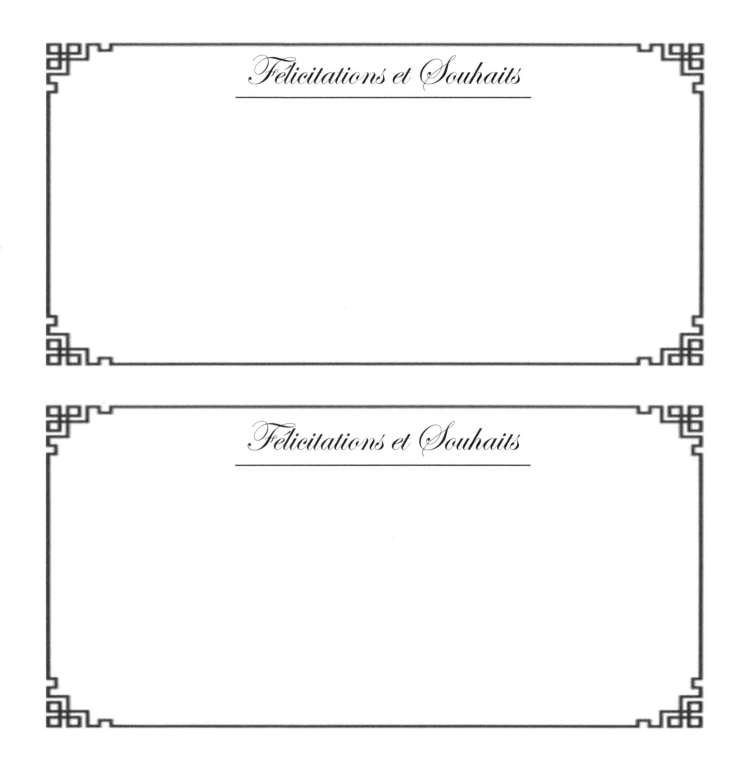

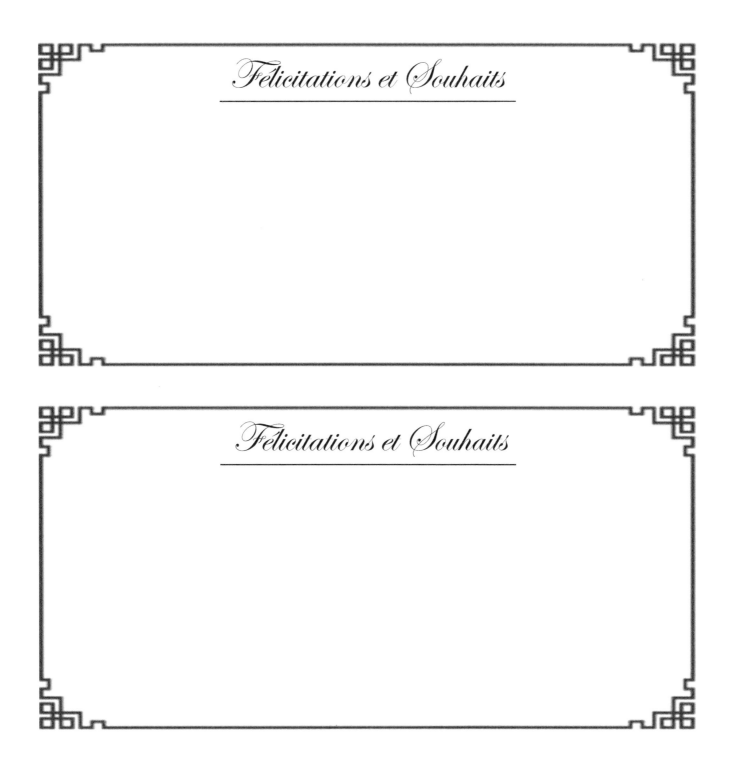

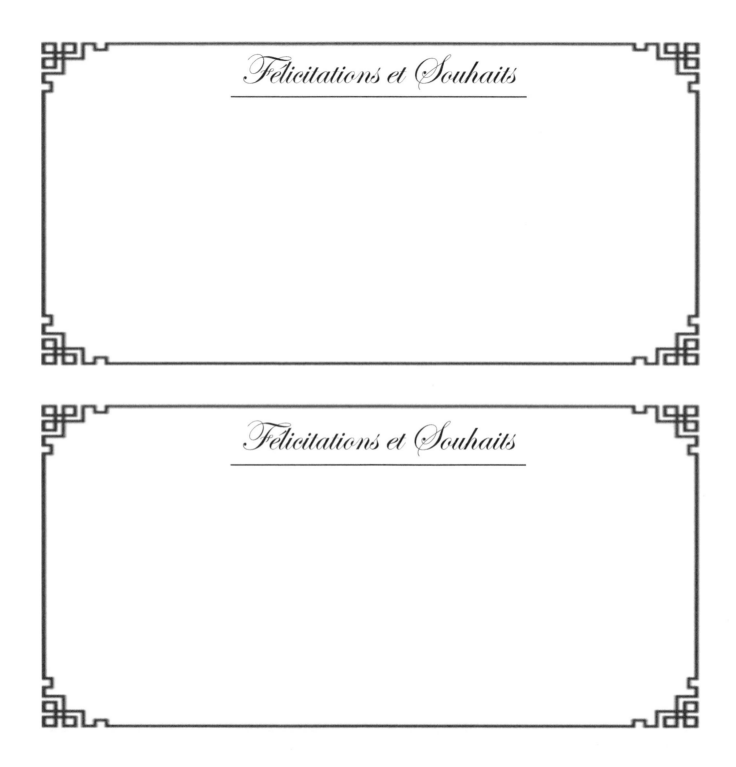

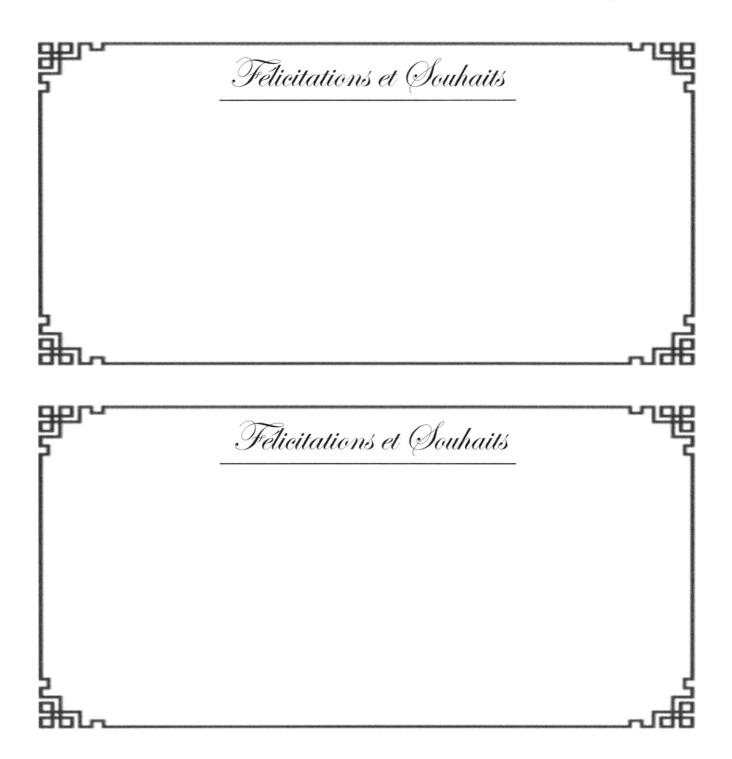

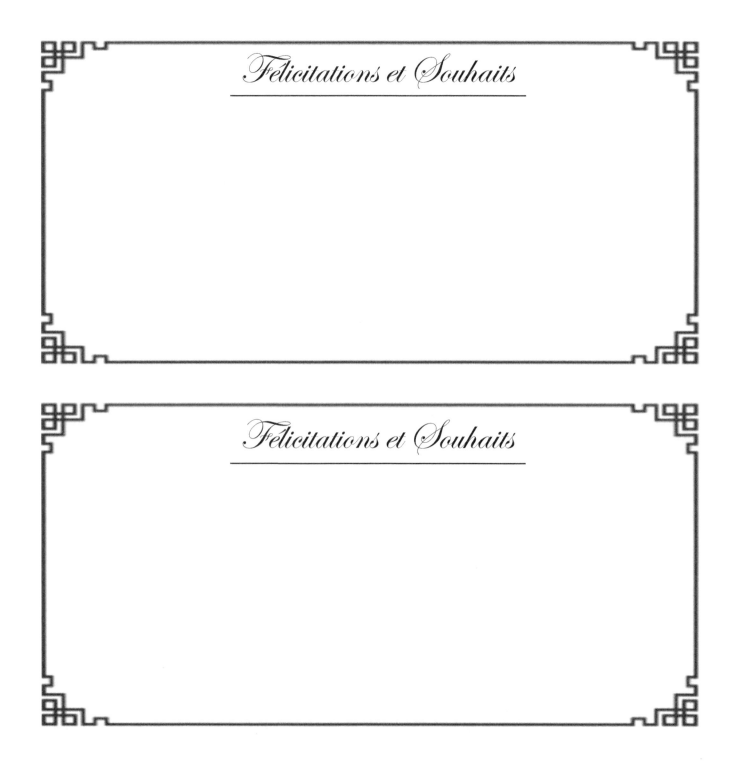

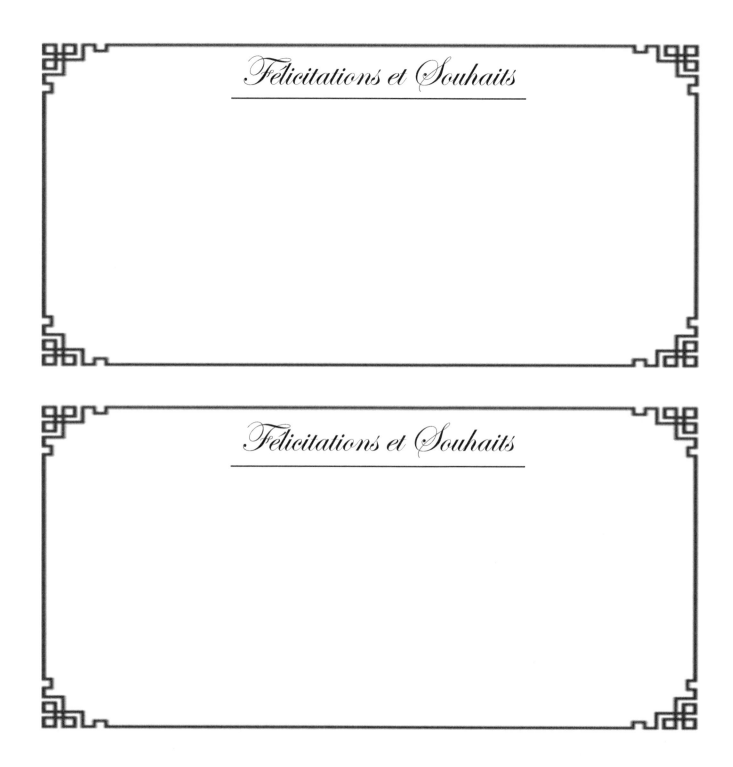

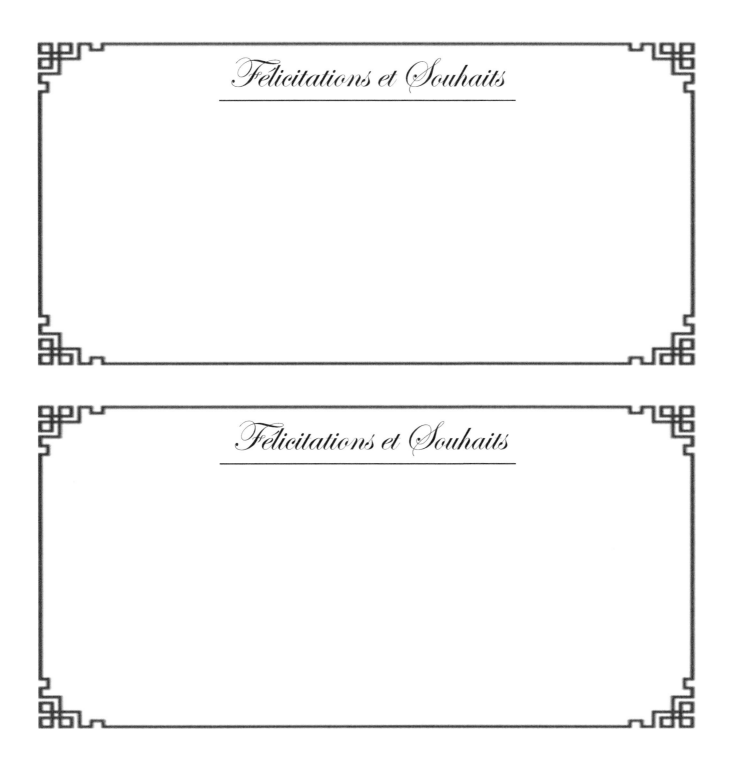

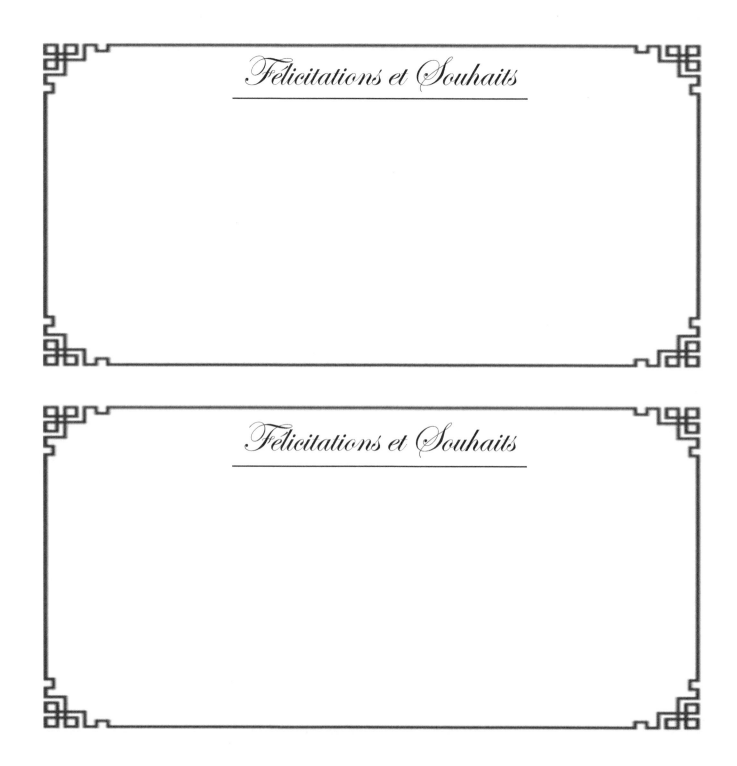

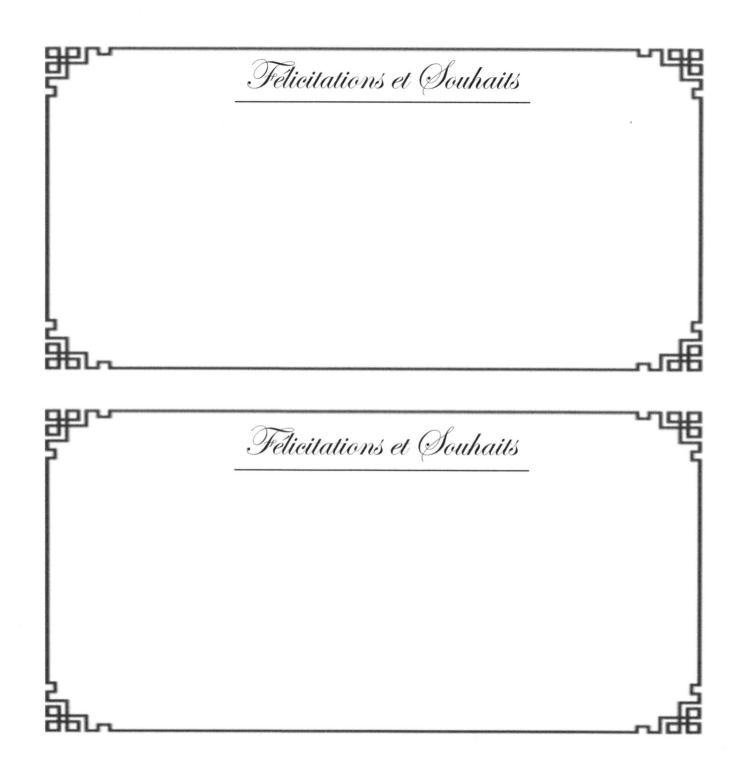

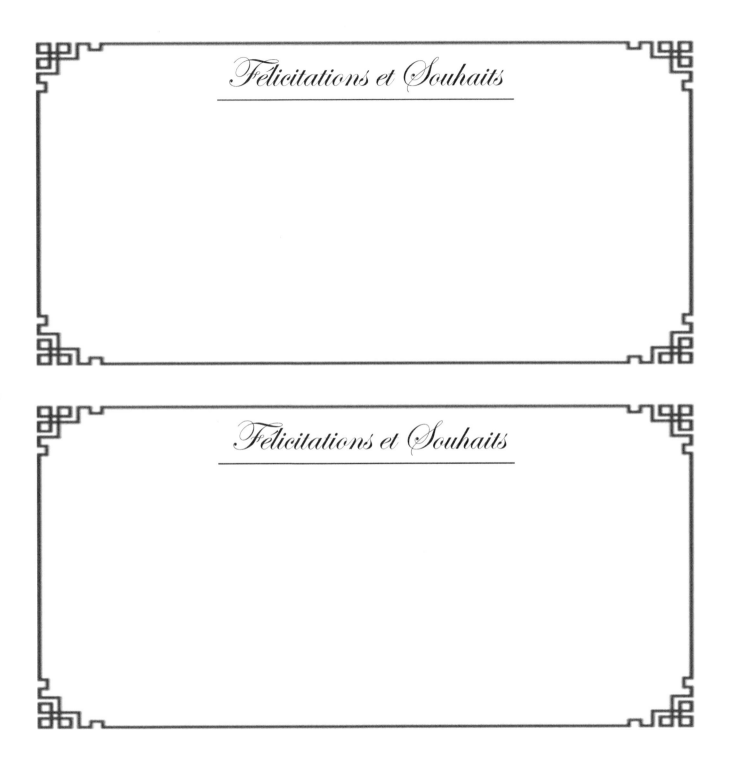

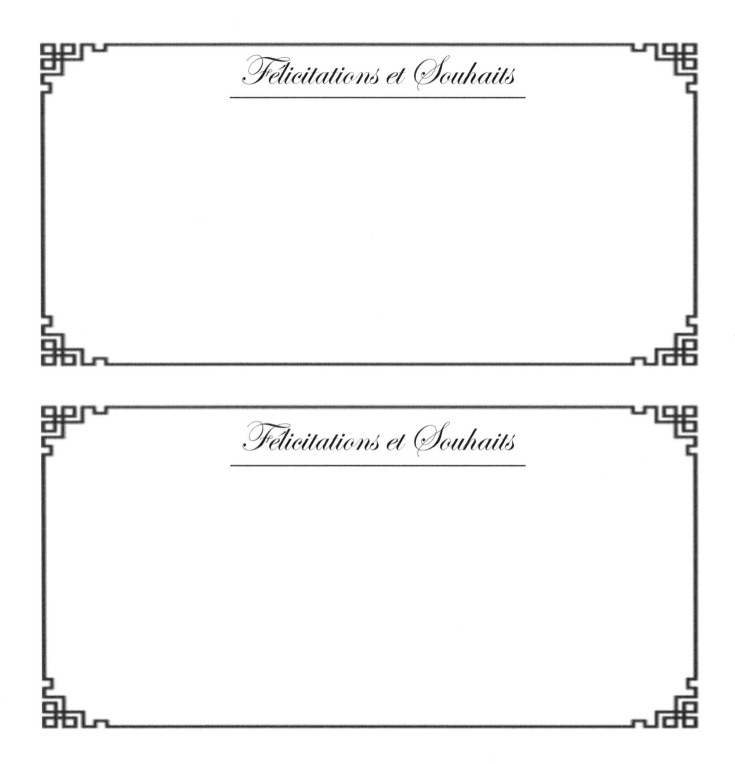

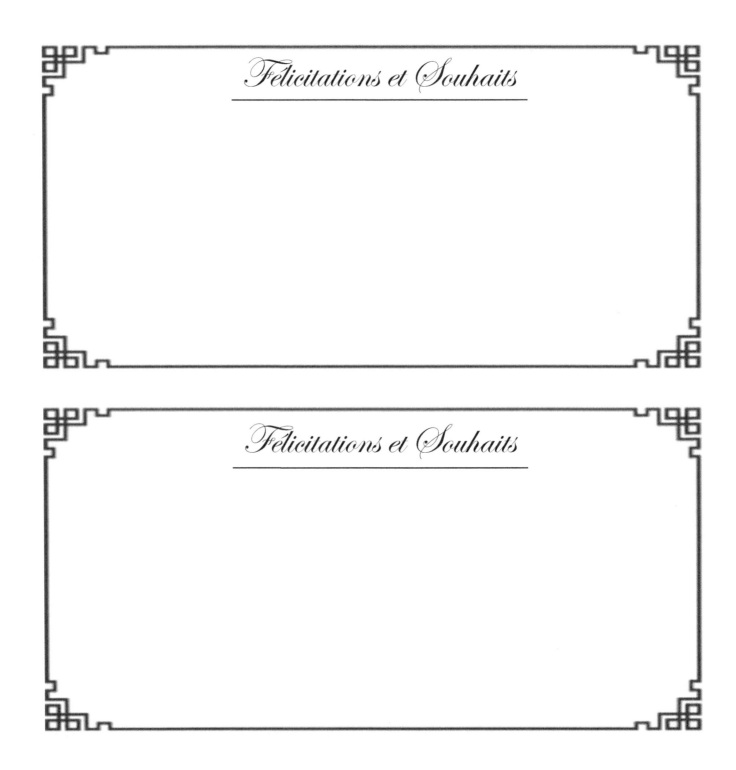

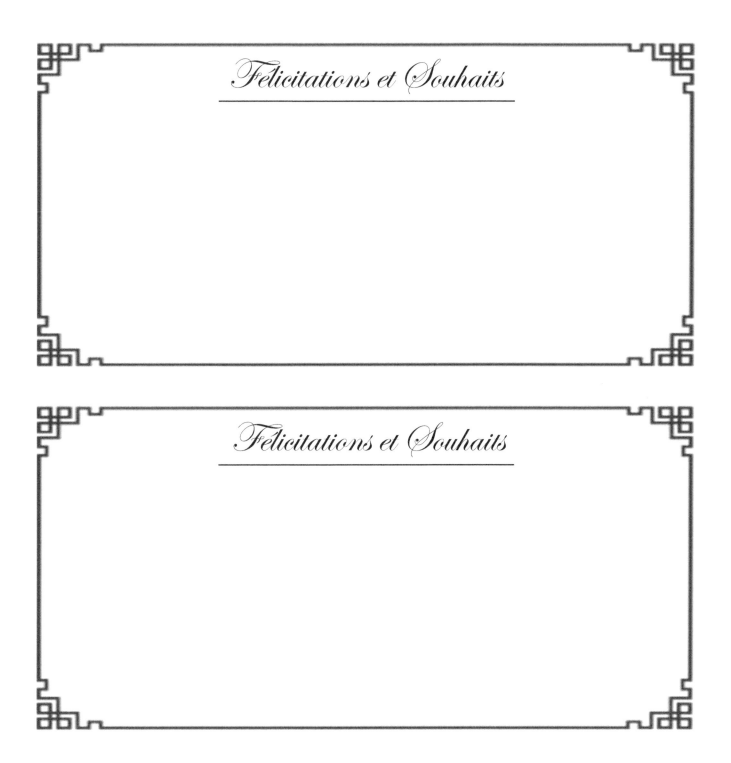

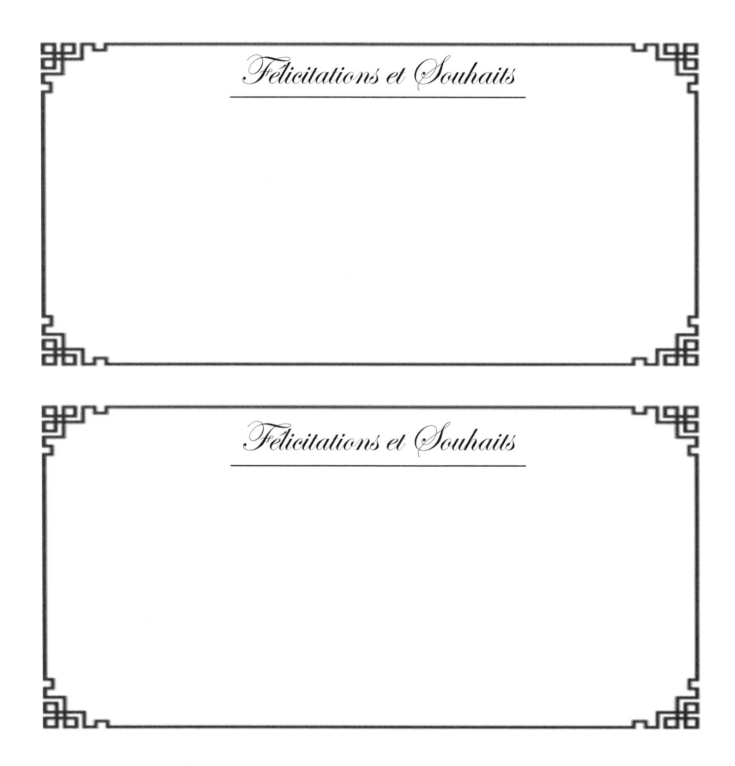

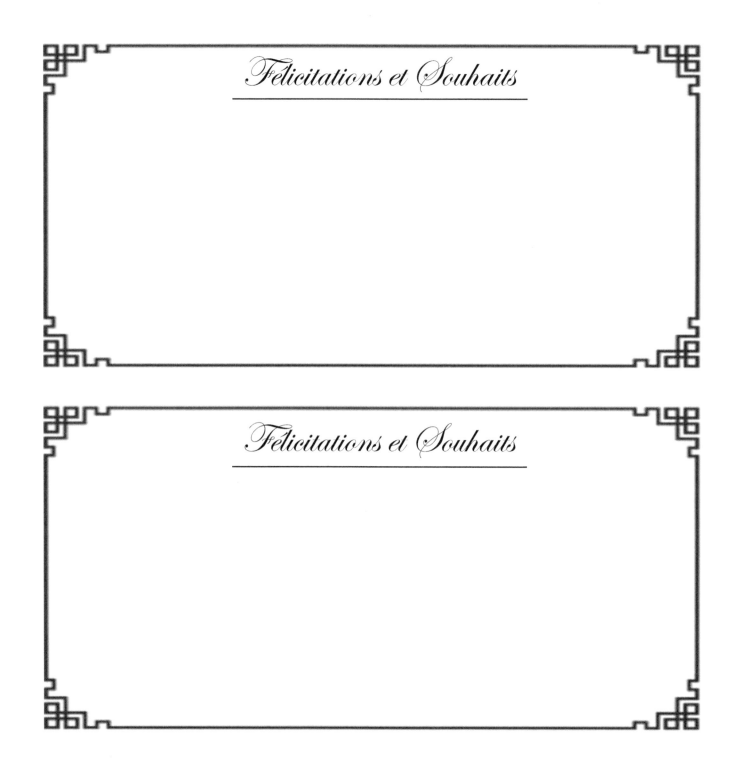

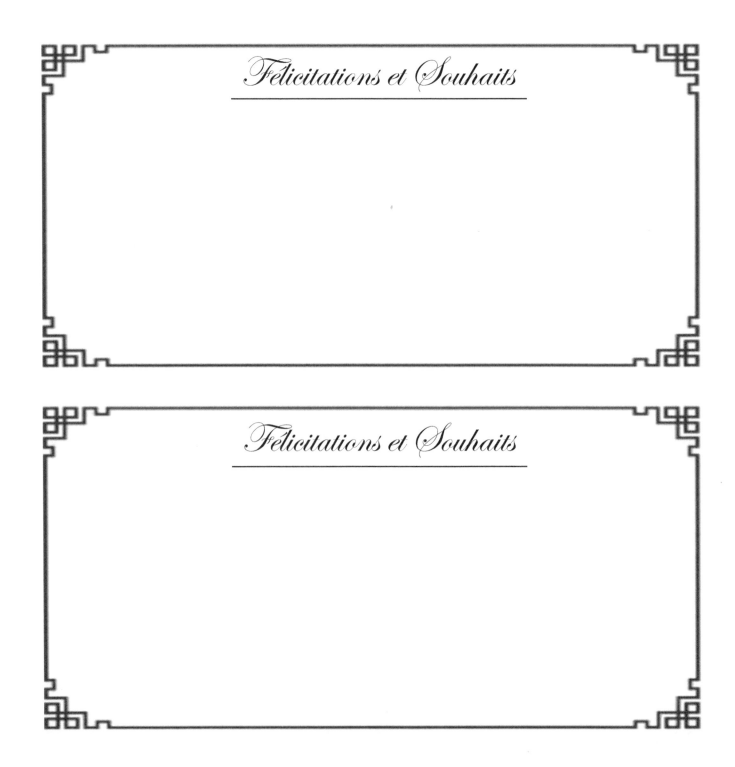

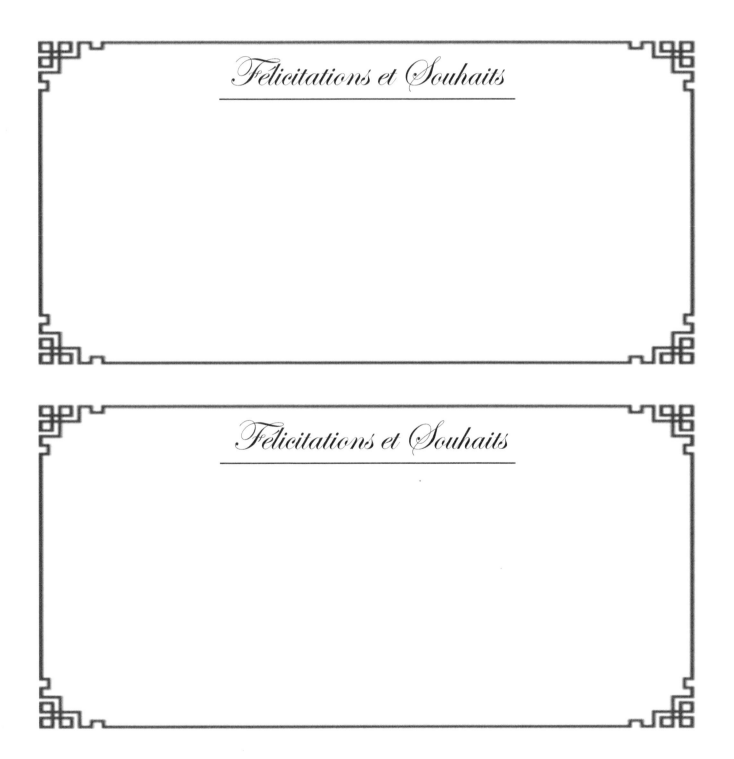

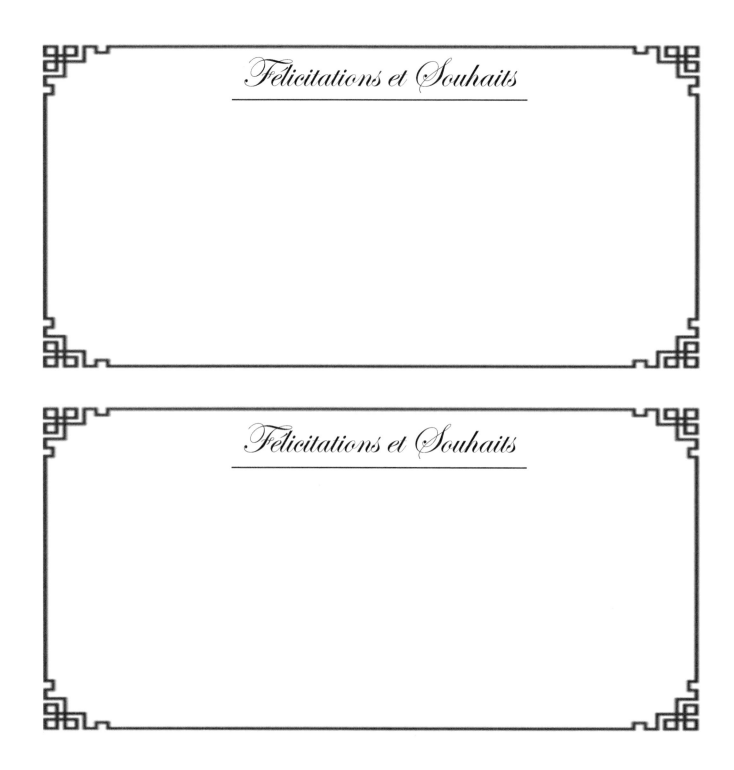

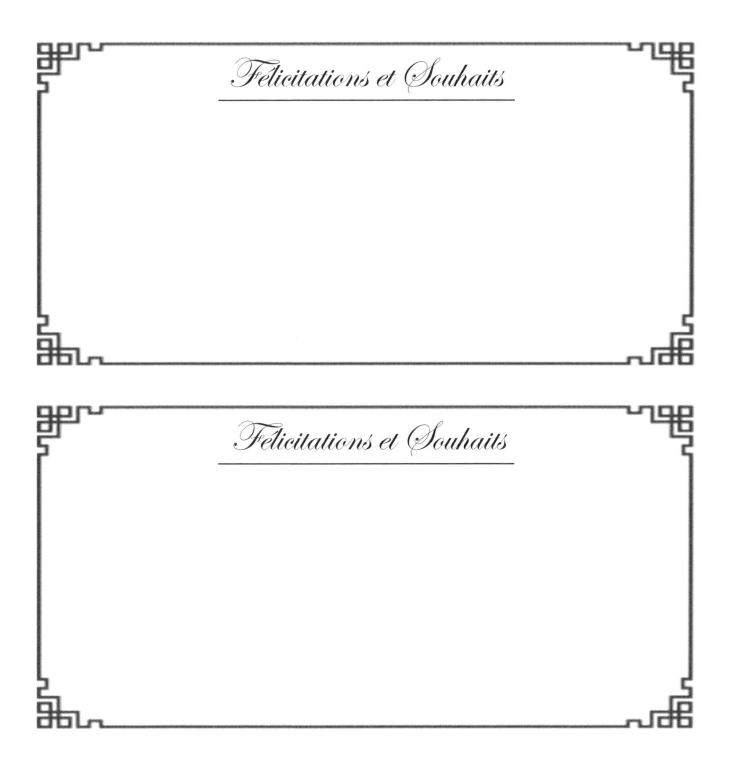

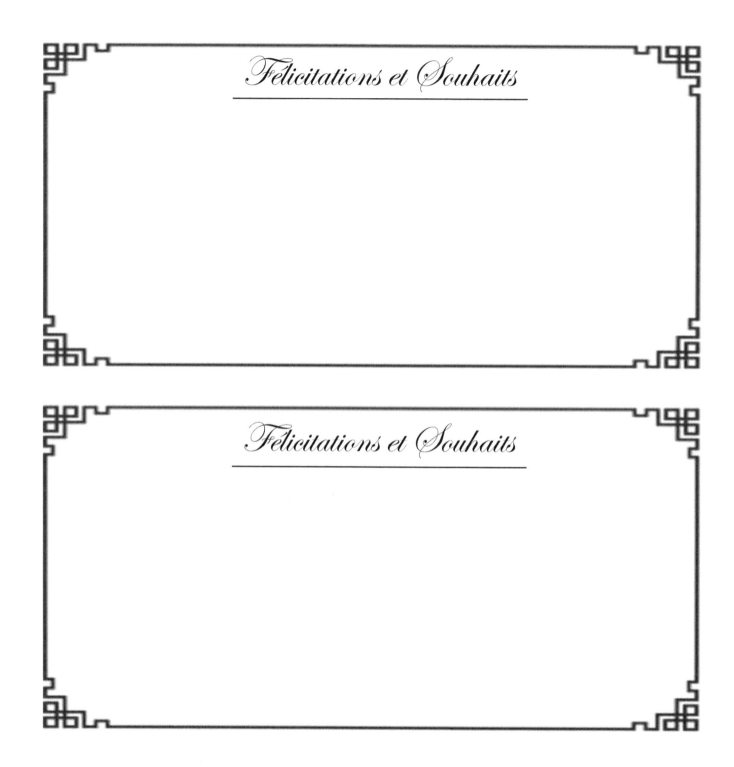

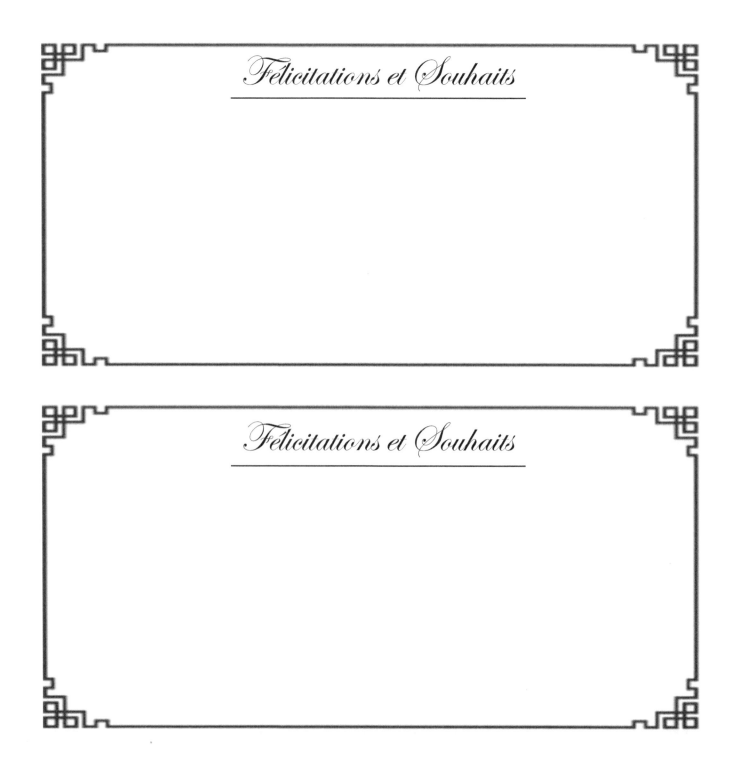

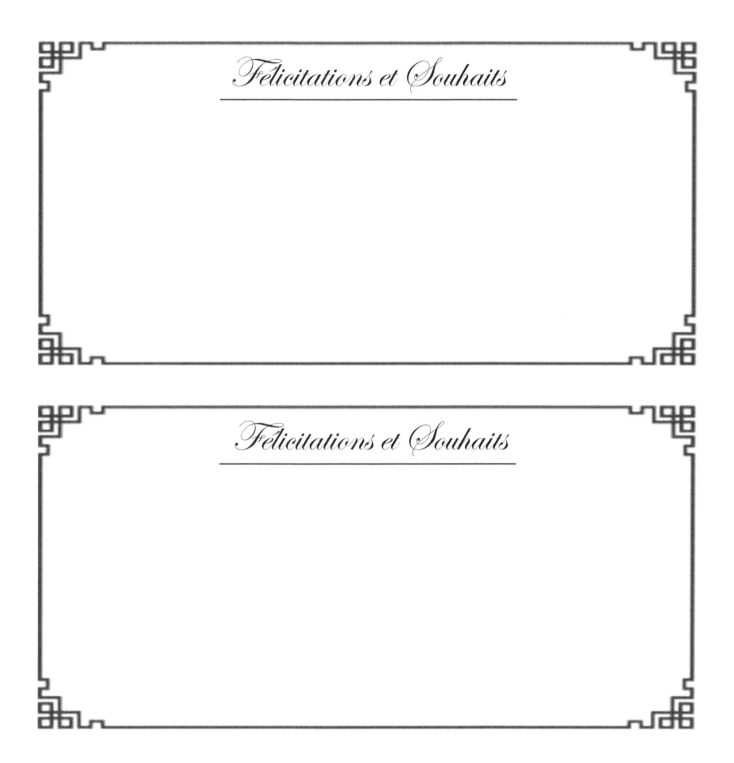

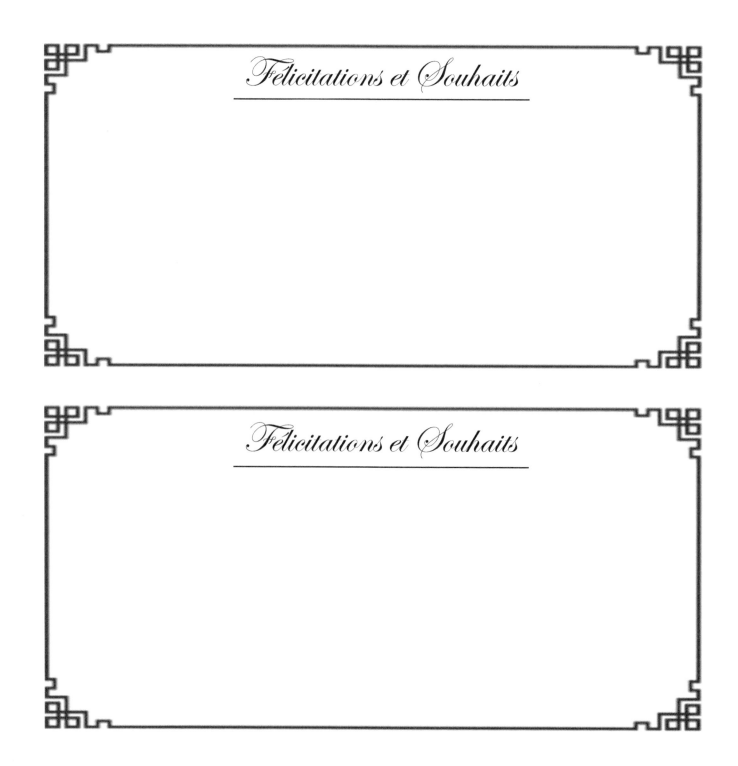

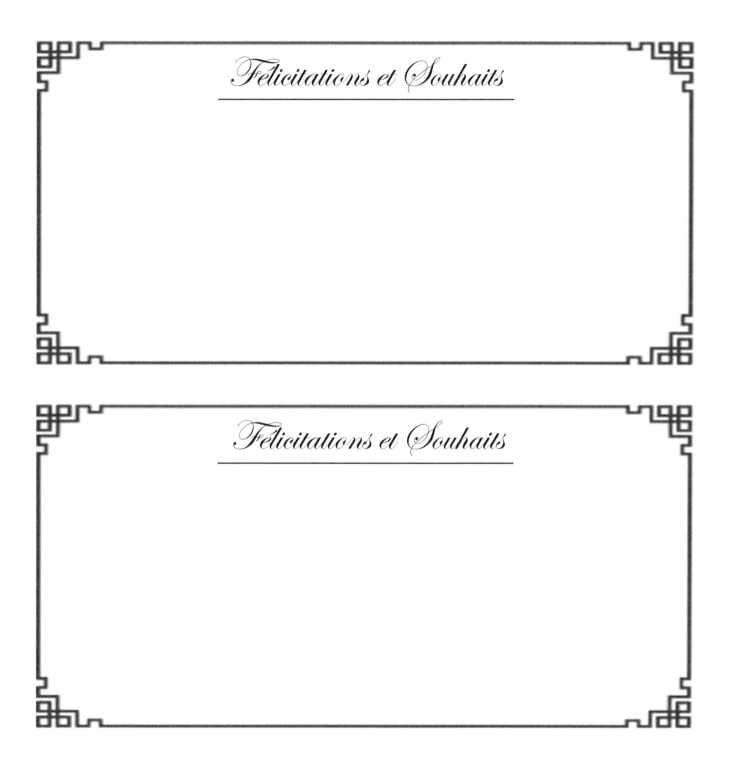

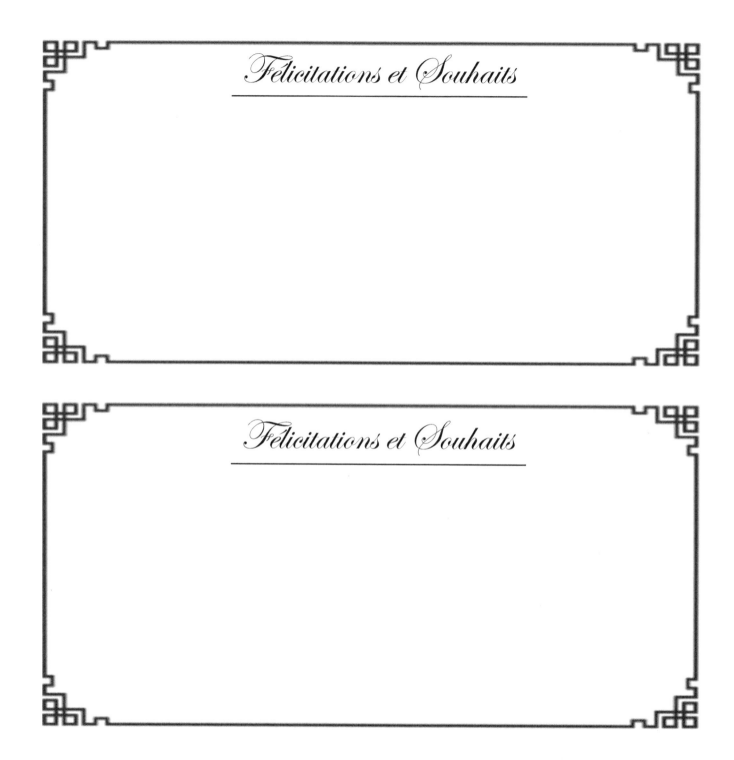

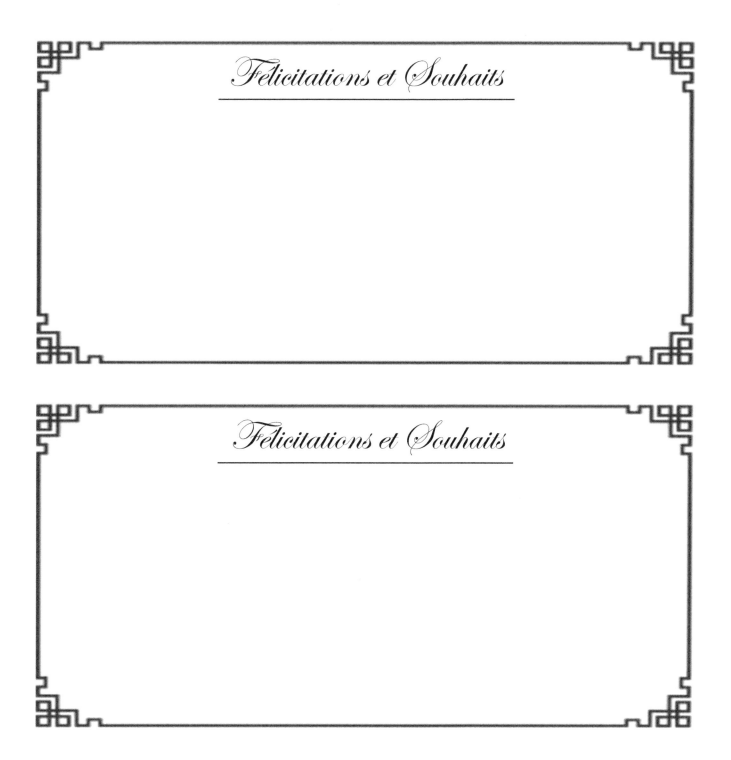

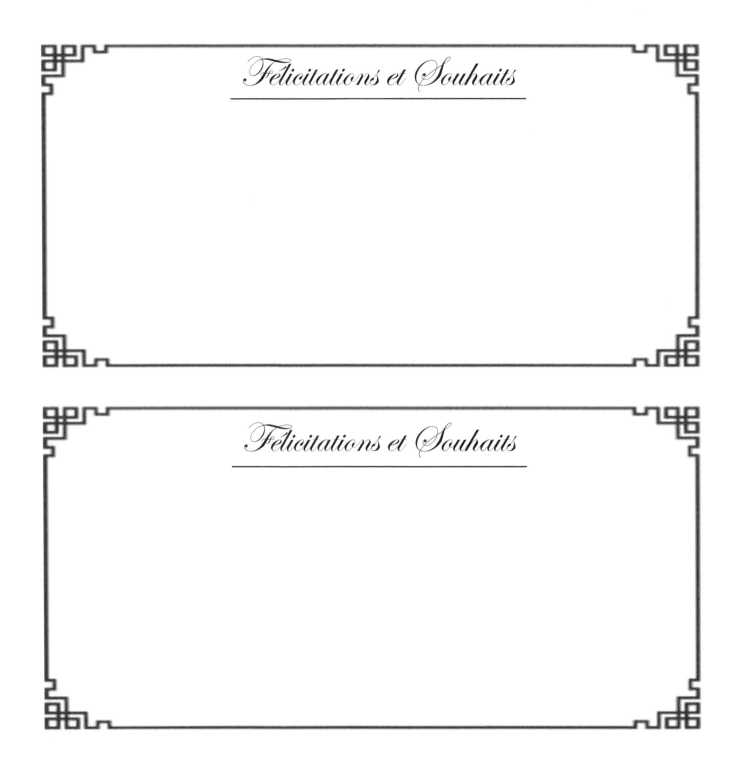

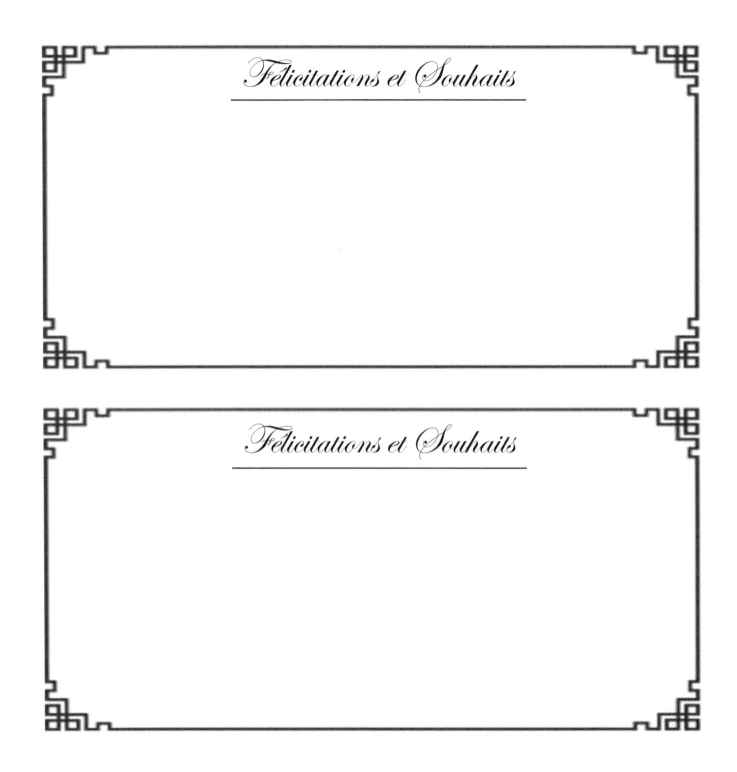

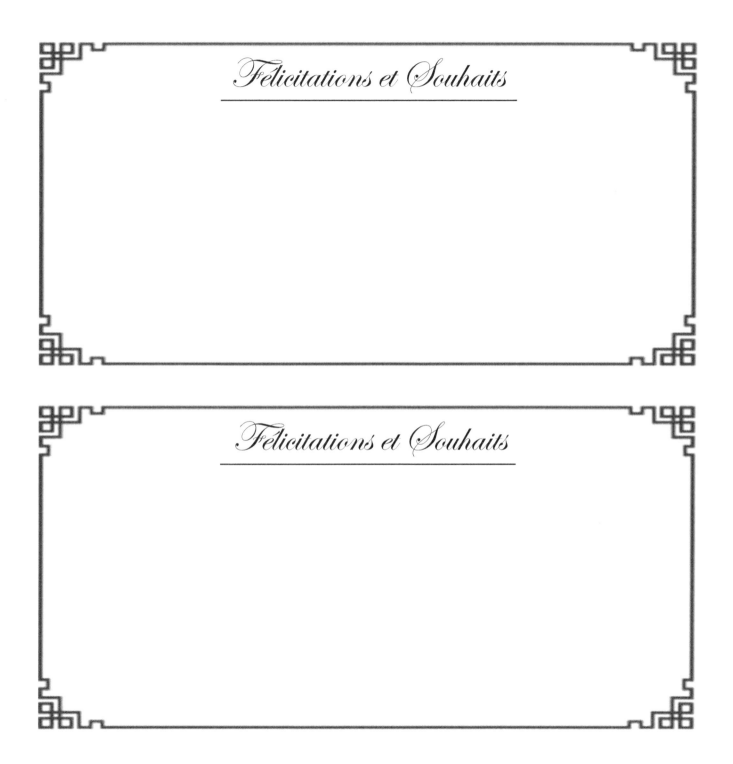

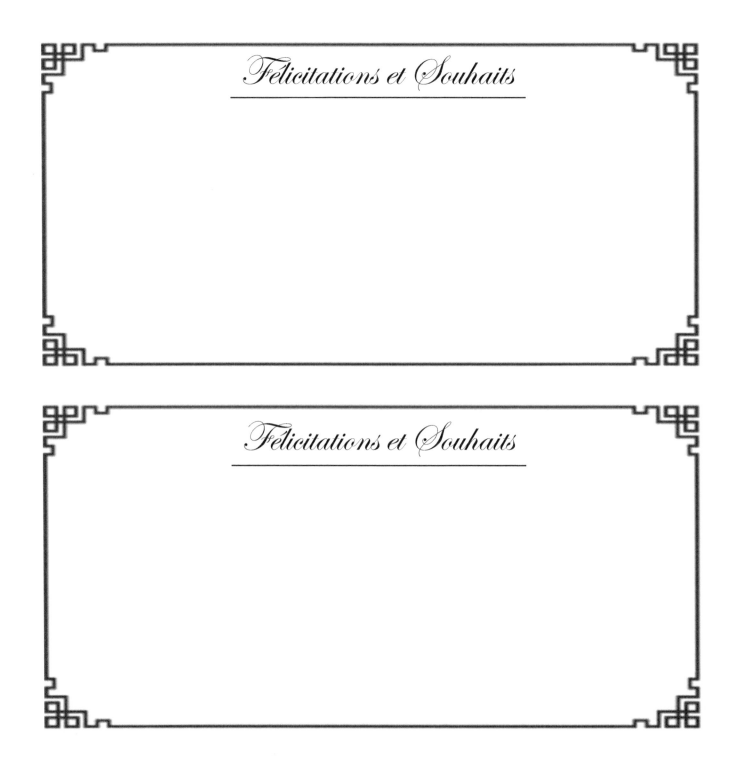

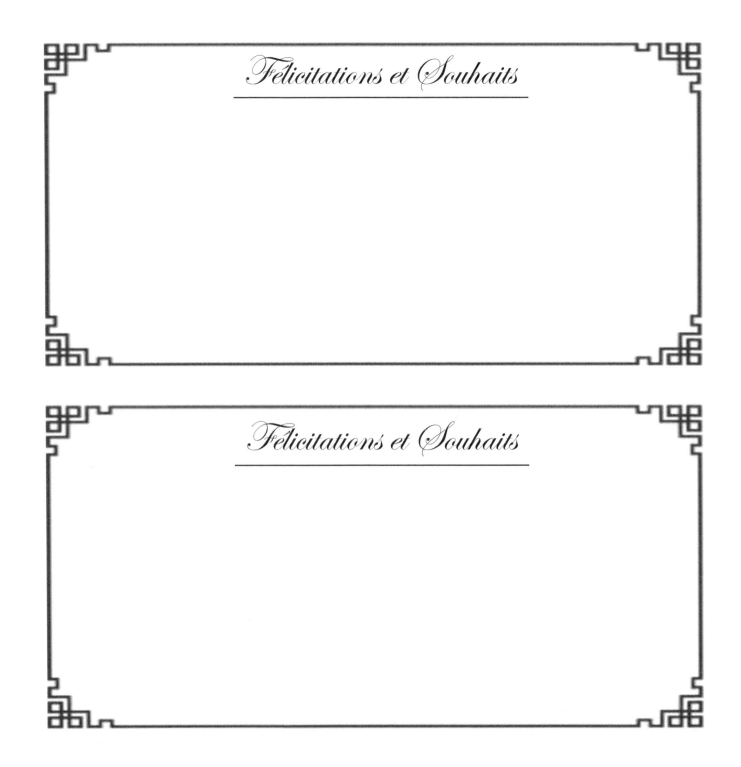

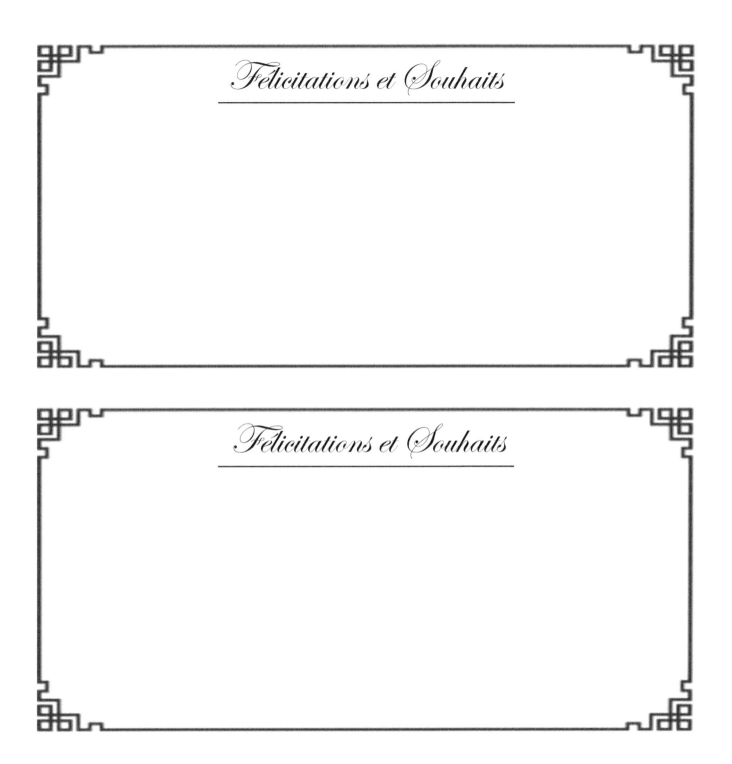

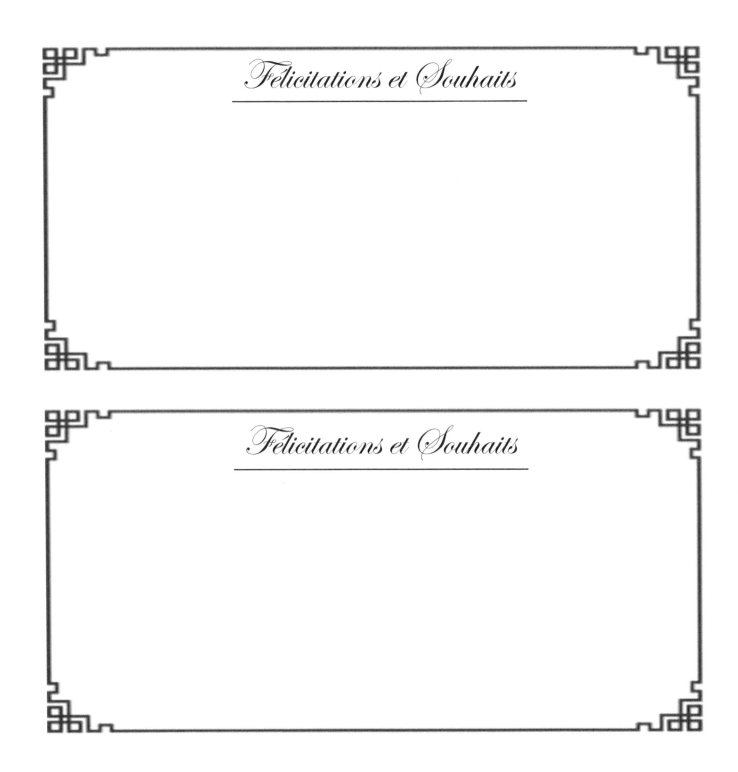

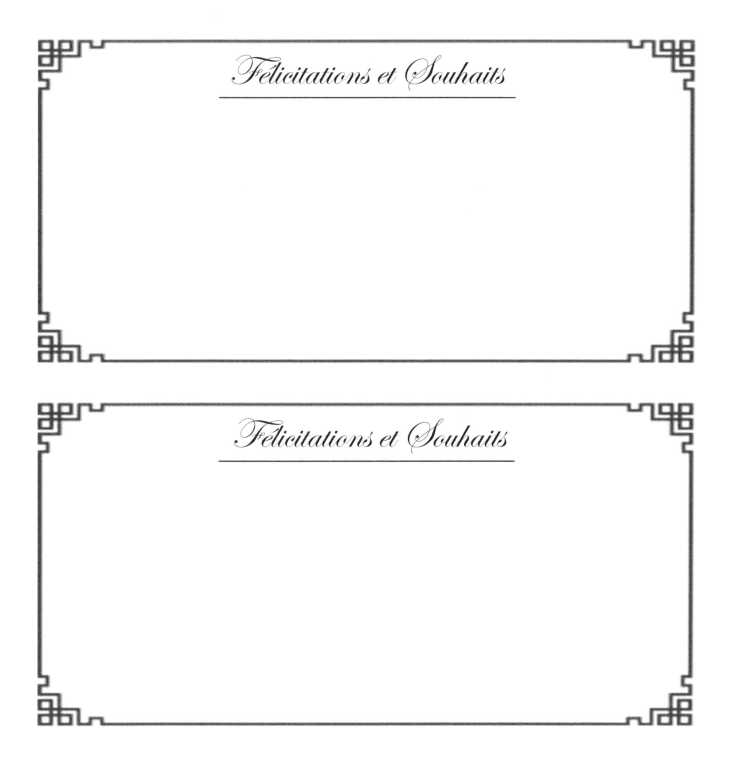

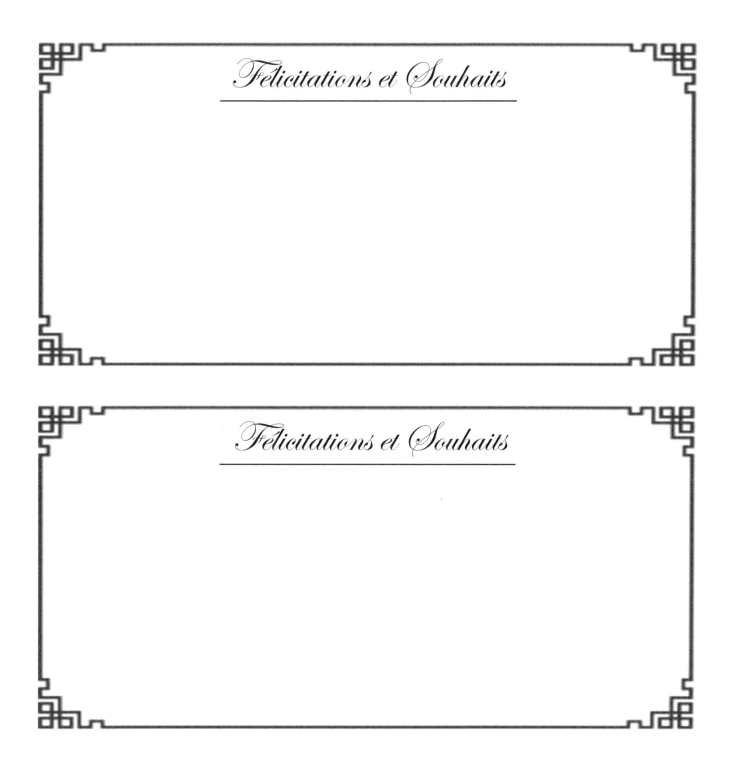

Liste Cadeaux

Nom	Description Cadeaux

Liste Cadeaux

Nom	Description Cadeaux

Liste Cadeaux

Nom	Description Cadeaux

Liste Cadeaux

Nom	Description Cadeaux

Liste Cadeaux

Nom	Description Cadeaux

Printed in France by Amazon
Brétigny-sur-Orge, FR